À PROPOS

DES

ÉVÉNEMENTS

Extrait du COURRIER DE LA GIRONDE
des 23, 24 et 25 mars 1871

I

S'il est une étude utile à faire, c'est
celle des causes qui ont conduit notre
malheureux pays à subir les désastres
qu'il a éprouvés. Parmi ces causes, il en
est surtout deux qui sautent aux yeux
et sur lesquelles on ne peut plus discu-
ter : la mauvaise direction imprimée à

notre politique extérieure et l'insuffisance de notre organisation militaire.

Ces deux causes tiennent l'une à l'autre. La France a favorisé les aspirations annexionistes de ses voisins, parce que, mal renseignée sur l'organisation de ses voisins, elle a cru que dans aucun cas elle ne pouvait rien avoir à craindre de leur part. On a entretenu les illusions qu'elle s'était faites sur sa force, parce que ces illusions étaient la seule excuse de la politique qu'on avait suivie. D'une part, la France, sous prétexte de favoriser les aspirations des peuples, attisait les ambitions sous lesquelles elle devait succomber, et, d'un autre côté, elle avait tant crié contre les armements qui, disait-on, la ruinaient, et étaient une menace adressée par elle à toute l'Europe, que le courant naturel des choses devait la porter à diminuer ses forces à mesure que le besoin de les augmenter se faisait davantage sentir.

Sadowa, que nous avions laissé faire, conduisait fatalement à cette conséquence : ou il fallait laisser le champ libre à l'ambition prussienne, et alors le gouvernement prêtait le flanc à l'accusation d'avoir trahi les intérêts français, ou il fallait arrêter cette ambition menaçante, et alors on se mettait dans la nécessité de chercher une occasion de faire naître une guerre avec l'immense désavantage de paraître, en la déclarant, condamner son œuvre propre.

C'était une impasse, et cette impasse, il était difficile d'en sortir avec l'organisation politique de la France. La base de cette organisation est le suffrage universel. Or, si la flatterie est une dangereuse ennemie des princes, elle n'est pas une ennemie moins dangereuse des peuples. Comment faire comprendre à un peuple trop fier de sa force et trop confiant en elle, qu'il se trompe? Comment faire comprendre à un peuple qui se berce de l'illusion qu'il est en état de conquérir le monde et à qui, pour obtenir ses suffrages, on prêche tous les jours la suppression et l'inutilité des armées permanentes, qu'il n'a pas assez de soldats? Quand l'illusion est plus belle que la réalité, il faut bien des lumières pour ne pas se laisser aller à l'illusion, et il est douteux que ces lumières puissent se rencontrer dans la masse du peuple. Et quand on se met dans le cas d'avoir à lutter contre des illusions qu'on a entretenues soi-même ou qui se trouvent trop enracinées, on marche vers une catastrophe inévitable.

II

Il faut savoir si nos malheurs nous guériront des erreurs qui nous les ont attirés. Pendant longtemps on nous a bercés de mensonges sur la fraternité des peuples. Où sont-elles les *nations sœurs* qui, dans nos désastres, nous ont tendu la main? Nos révolutionnaires ont cru qu'il suffirait que nous nous missions en république pour entraîner par notre exemple les autres peuples. Où sont-ils les peuples qui ont été tentés de nous imiter?

. Le prestige que nous pouvions exercer dans le monde a éprouvé le contre-coup de l'échec de nos armes. Les républiques elles-mêmes — et la République américaine n'a pas été la dernière — ont présenté à nos vainqueurs leurs félicitations.

N'allons donc plus prêter aux mots une autre influence que celle qu'ils ont. République ou monarchie, il faut que la France connaisse mieux qu'elle ne les a connues les autres nations au milieu desquelles elle est appelée à jouer un rôle. Il paraît démontré qu'au moment de la guerre, la plupart de nos députés, nos ministres, nos généraux, avaient la plus fausse idée de la puissance de la Prusse ; ses succès sur l'Autriche en 1866 n'avaient été attribués qu'au fusil à aiguille. Nos ennemis, au contraire, connaissaient la France mieux que nous. Ils en connaissaient le fort et le faible, et savaient le parti qu'ils pouvaient tirer de nos divisions politiques.

L'importance que nous nous attribuions avait attiré les yeux sur nous. Elle nous avait empêchés en même temps de porter nos regards au-delà de nos frontières. Nous nous rappelions que la France avait, en d'autres temps, réussi à se tirer de situations périlleuses et avait lutté contre de formidables coalitions. Des coups d'audace, des coups d'adresse, des coups de génie nous avaient permis de dominer ces situations. Mais, alors, quels étaient les budgets des nations européennes? Qu'y avait-il de comparable à cette organisation militaire prussienne, faite de longue main, méthodique, mathématiquement combinée et portant la puissance d'un peuple au plus haut point qu'elle peut atteindre? Dans la dernière guerre on peut contester que le génie se soit montré d'aucun côté ; mais on ne peut constester que les généraux allemands aient lutté avec des éléments de succès bien supérieurs à ceux dont dis-

posaient nos généraux et il n'est pas in-
soutenable de prétendre qu'il y a eu de
la part de ceux qui ont conduit les armées allemandes une moyenne de talent
qui s'est maintenue partout, et au niveau
de laquelle l'armée française ne paraît
pas avoir atteint.

Les succès que nous avions eus dans
le passé avaient développé notre orgueil
national, et notre orgueil national nous
avait aveuglés. Chez tous les peuples il
en eût été de même ; mais chez tous on
n'aurait pas trouvé les mêmes disposi-
tions de la part des militaires et des
hommes politiques à tomber dans les illusions des masses ; tandis que chez
nous, comme à flatter ces illusions on
gagne de la popularité, et que la popularité est une condition indispensable
pour avoir une influence dans l'Etat, les
illusions sont nécessairement d'autant
moins combattues, qu'en les combattant,
un député courrait plus de risques de
n'être pas réélu ; de telle manière que,
s'il arrive que les masses prennent le
brillant pour le solide, les hommes le
plus en état de dissiper leurs erreurs
doivent être tentés de paraître les par-
tager.

III

La France a vécu dans les illusions,
illusions sur sa force, sur les disposi-
tions des puissances voisines, sur les con-
séquences des changements survenus en
Europe. Les journaux les plus répandus
appplaudissaient en 1866 au triomphe
de la Prusse. La Prusse représentait
pour eux la civilisation. Ce qui avait fait
son succès, c'était « *l'école* ». C'était une
nation de *philosophes*. Quels philosophes! Demandez-le aux pays envahis!

Si, au lieu d'aller chercher les raisons
de la force de la Prusse dans les nuages,
on les avait examinées avec un esprit
plus pratique, on les aurait sans doute
trouvées dans une organisation assurant
la bonne administration du pays et de
l'armée, et dans un esprit public non
nuisible à la discipline.

Ce qui a fait la force de la Prusse, c'est
une certaine somme de bon sens, l'orgueil militaire qui a été surexcité chez
elle par le succès de Sadowa, une dis-
position moins grande que chez nous à
se payer de mots, la pensée du devoir
moins attaquée que chez nous où il est
plus avantageux à ceux qui sollicitent la

popularité de ne parler que des droits, l'absence de l'anarchie dans les esprits.

Le sentiment religieux, bien plus développé aussi chez les Allemands que chez les Français, a contribué à maintenir sans altération l'idée du devoir. Le soldat allemand n'allait pas toujours rejoindre son bataillon avec plus de satisfaction que chez nous. Il y avait des séparations douloureuses. Mais, le bataillon réuni, on le conduisait à l'église où le pasteur exaltait ses sentiments religieux et patriotiques. Le bataillon se retirait du temple chantant des cantiques; et si en sortant le soldat avait rencontré sur sa route quelque petit journal usant son esprit à tourner en ridicule ce qu'avait dit « l'homme en robe noire, » le petit journal n'aurait pas réussi à gagner son estime.

Quant à l'instruction de l'officier — qui est généralement, dit on, insupportable par sa morgue, — elle contribuait à maintenir chez le soldat ces deux gages de son obéissance : le respect et la confiance.

Chez nous le respect n'existe pas. L'éducation que nous donnent l'air que nous respirons, les conflits politiques au milieu desquels nous vivons, développe plutôt le sentiment de l'envie. L'envie, que le pauvre porte à celui qui l'est moins est une arme dangereuse dont les partis

politiques ne dédaignent pas de se ser-
vir. On pourrait rappeler la proclama-
tion de Garibaldi contre les riches. Cet
esprit gagne l'armée. Le soldat gradé est
l'ennemi de celui qui ne l'est pas ou qui
l'est moins. La passion de l'égalité, dans
des caractères peu élevés, doit produire
la tendance à tout rabaisser.

IV

Il serait utile de combiner la réorganisation de l'armée — réorganisation qui
est une des premières tâches qui vont
s'imposer à notre gouvernement — de
manière à combattre les causes d'affaiblissement et de dissolution que la nation porte en elle. On ne peut pas faire
changer du jour au lendemain les mœurs
d'un grand pays, ni détourner les courants dont il subit l'impulsion ; mais on
peut modifier ces courants et essayer de
les ralentir.

Quoique Montesquieu ait dit que la
vertu est le ressort des démocraties, et
que l'*honneur* est celui des monarchies,
on peut très-bien essayer d'introduire et
de développer l'honneur dans un état
démocratique. Le ressort de la vertu,
quand il est seul, rencontre trop de

causes d'affaiblissement pour ne pas
conduire rapidement à leur perte les
démocraties qui s'abandonneraient à sa
seule puissance. C'est même un des mo-
tifs de dépérissement des démocraties
que la vertu y soit indispensable, car elle
est rare.

La vertu devait imposer aux hommes
politiques qui avaient de l'influence sur
la nation française, la vigilance. La vigilance imposait à son tour aux hommes
de bonne foi le devoir de dire à la nation jusqu'à quel point il était indispensable à sa sécurité qu'elle restât armée.
Mais entre deux candidats disant, l'un,
que ce qu'on appelait les dépenses im-
productives de la guerre, était une nécessité créée par les armements, la puissance, l'organisation et l'ambition d'une
nation voisine; l'autre, que l'armée était
inutile et qu'on pouvait diminuer à la
fois l'impôt du sang et l'impôt d'argent,
lequel aurait eu le plus de chances de se
faire écouter ?

La vertu nécessaire aux démocraties
est l'esprit d'abnégation, de dévouement et
de sacrifice à la patrie, qui conduit le can-
didat à être de bonne foi envers ceux
dont il sollicite les suffrages et les con-
tribuables à supporter sans murmurer
les charges que l'intérêt commun oblige
à faire peser sur lui. Or, sérieusement,
où cela existe-t-il? Où sont les candi-

dats démocrates qui, avant l'élection, auront le courage de répudier les suffrages des exagérés de leur parti et de ne
pas promettre plus qu'ils ne savent pouvoir tenir?

Il ne faut pas demander ce que l'on
est sûr de ne pouvoir obtenir. Mais si le
patriotisme des citoyens n'a pas suffi à
nous donner une armée de bons soldats
capable de chasser les Prussiens, l'émulation et le sentiment de l'honneur pour-
ront remplacer ce que le patriotisme
offre de trop inconsistant et raviver la
vigueur de la nation en même temps que
de l'armée.

Pour que nous ayons une armée, il
faut que le métier de soldat redevienne
honoré. Chez les Romains, appartenir à
la milice était un honneur en même
temps qu'une charge, car « on avait at-
» tention, dit Montesquieu, à ne recevoir
» dans la milice que des gens qui eus-
» sent assez de bien pour avoir intérêt
» à la conservation de la ville. » Appartenir à l'armée était donc une sorte de
distinction dont étaient fiers ceux qui
en étaient revêtus, et si, dans une armée
pareille, la vertu du patriotisme eût été
insuffisante, le sentiment de l'honneur y
aurait suppléé.

Quoique nos armées françaises n'aient
pas été constituées comme les milices
romaines, le sentiment de l'honneur mi-

litaire y a toujours été très-développé.
Longtemps le soldat s'est fait respecter
par son attachement à la discipline. En
cas d'infraction aux lois ou aux règle-
ments, il était soumis à des pénalités
exceptionnelles. Cela lui donnait quelque
prestige à ses propres yeux ; mais surtout ce qui le grandissait, c'est qu'il se
considérait comme le représentant de la
gloire et de l'honneur du nom français.

L'esprit de corps s'ajoutait à cela et
créait une sorte d'inégalité utile. Il faisait naître l'émulation dans le devoir.
Le soldat n'était pas seulement fier d'appartenir à une armée ayant de belles
traditions, il était encore fier de faire
partie d'un corps particulier à la bonne
réputation duquel il se sentait obligé de
contribuer pour sa part.

Si l'on peut arriver à faire revivre
dans sa force primitive ce sentiment
d'honneur — et il n'est pas impossible
d'y arriver, — on nous refera une belle
armée, et par l'armée, dans laquelle tous
les citoyens auront passé à leur tour, on
modifiera d'une manière salutaire l'esprit de la nation.

Car c'est par les sentiments que l'on
conduit un peuple libre et digne de l'ê-
tre. Un peuple ne se gouverne plus et
tombe inévitablement en décadence quand
les sentiments de vertu ou d'honneur
cessent d'avoir suffisamment prise sur lui.

V

Peut-être adoptera-t-on pour la France une organisation militaire qui se rapproche de celle de la Prusse. Le maréchal Niel avait tenté de faire quelques pas dans ce sens. Ses projets avaient rencontré bien des obstacles que les circulaires optimistes de M. de Lavalette n'avaient pas peu aidé à faire grossir.

La garde nationale mobile était destinée à remplacer chez nous la landwehr. Seulement, tandis que la landwehr prussienne existait depuis 1813, notre garde mobile, au moment de la guerre, n'existait que sur le papier et n'aurait probablement jamais existé sans les revers que nous avons éprouvés.

C'est pourquoi l'insuffisance de nos forces devait tôt ou tard se montrer. Nous vivions dans la pensée qu'il nous fallait plutôt réduire nos forces que les augmenter. Seul M. Thiers, lorsque avant la guerre on réduisit de 10,000 hommes le contingent de la classe de 1870, eut le courage de protester, et il en fallait, car, à dire la vérité à la nation, on risque de perdre sa popularité.

La difficulté de désillusionner la nation était un obstacle à l'organisation sérieuse de la garde mobile. A cet égard, en 1867, M. Edgar Quinet, animé sans doute de plus de bonne foi ou plus éclairé que beaucoup de ses amis politiques, écrivait :

« Songez que chaque institution porte le
» sceau de son origine. La landwehr prus-
» sienne est née, en 1813, de l'enthousiasme
» pour la délivrance de l'Allemagne. Ce bap-
» tême populaire a protégé l'institution et
» l'a fait passer dans les mœurs. En France,
» il ne peut en être ainsi. Comment rempla-
» cer l'élan spontané des masses qui a pré-
» cédé la législation prussienne?

» Là est la difficulté. Quel sceau, quel es-
» prit donnerons-nous à la landwher fran-
» çaise? Chez nous c'est la loi qui précédera
» les mœurs ; c'est le gouvernement qui
» précédera le peuple. Cette seule différence
» d'origine peut aisément en amener de très-
» grandes dans l'esprit de l'institution et la
» dénaturer. Par exemple, un danger est
» d'augmenter le militarisme que la vérita-
» ble landwher a pour effet de contrebalan-
» cer par l'élément civil. Le système prus-
» sien suppose un esprit public très-vivant,
» un patriotisme qui poursuit un grand but.
» Mais enrégimenter une nation sans éveiller
» l'esprit public, ce serait faire exactement
» le contraire de la Prusse.

» Que l'on se représente tout un peuple
» sous le drapeau sans qu'il sache pourquoi :
» la discipline et le silence des rangs devien-

» draient le fond de la vie ordinaire et civi-
» le; au lieu de porter la cité dans l'armée,
» on porterait l'armée dans la cité. »

Hélas! on n'a que trop porté la cité
dans l'armée, et nous pouvons voir ce
qu'il nous en coûte. Mais si les désastres
de la Prusse ont préparé chez elle l'opi-
nion publique à accepter l'organisation
militaire dont nous avons vu la puissance, nos propres désastres auront sans
doute aussi pour effet de nous guérir de
la tendance à porter dans l'armée l'agi-
tation trop souvent stérile ou nuisible de
la cité, et feront diminuer notre confiance à l'endroit de certaines théories dont
les promesses aussi fausses que brillan-
tes ont été trop cruellement démenties
par les réalités.

LUCIEN MEISSNER.

BORDEAUX

Imprimerie générale d'Émile Crugy, rue et hôtel Saint-Siméon, 16.